O OUTRO BRASIL QUE VEM AÍ

Gilberto Freyre

O OUTRO BRASIL QUE VEM AÍ

ilustrações **Dave Santana**

Eu ouço as vozes
eu vejo as cores
eu sinto os passos
de outro Brasil que vem aí

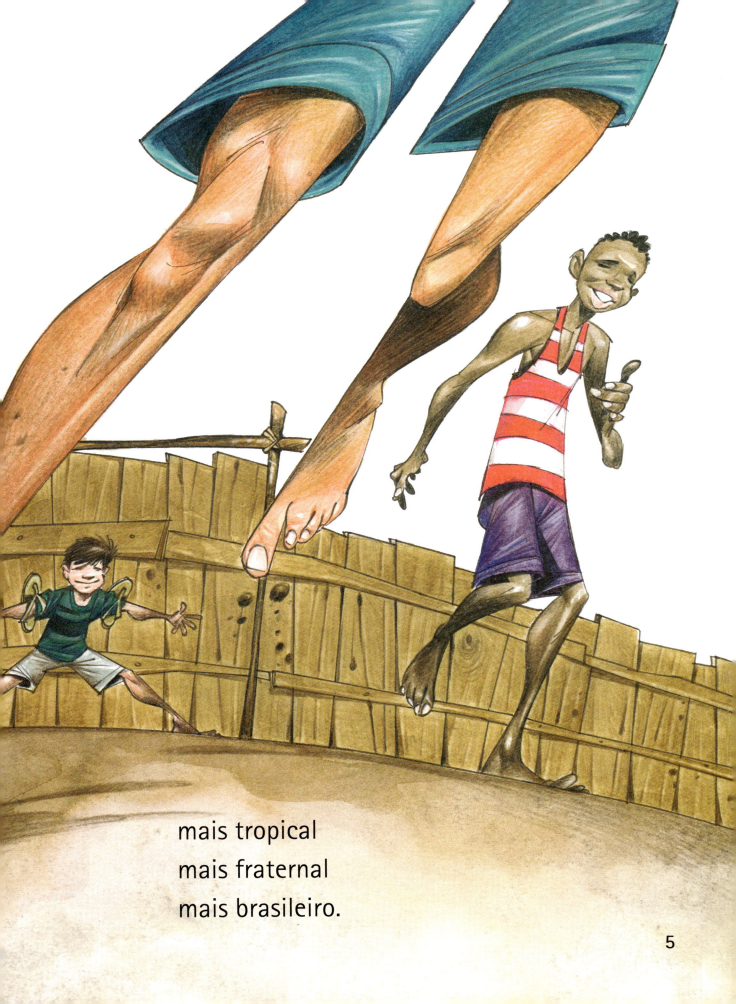

mais tropical
mais fraternal
mais brasileiro.

O mapa desse Brasil em vez das cores dos Estados terá as cores das produções e dos trabalhos.

Os homens desse Brasil em vez das cores das três raças terão as cores das profissões e regiões.

9

As mulheres do Brasil em vez das cores boreais terão as cores variamente tropicais.

10

Todo brasileiro poderá dizer: é assim que eu quero o Brasil,

todo brasileiro e não apenas o bacharel ou o doutor
o preto, o pardo, o roxo e não apenas o branco e o semibranco.

Qualquer brasileiro poderá governar esse Brasil

lenhador
lavrador
pescador
vaqueiro
marinheiro
funileiro
carpinteiro

contanto que seja digno do governo do Brasil
que tenha olhos para ver pelo Brasil,
ouvidos para ouvir pelo Brasil
coragem de morrer pelo Brasil
ânimo de viver pelo Brasil
mãos para agir pelo Brasil

mãos de escultor que saibam lidar com o barro forte e novo
   dos Brasis
mãos de engenheiro que lidem com ingresias e tratores
   europeus e norte-americanos a serviço do Brasil
mãos sem anéis (que os anéis não deixam o homem criar
   nem trabalhar)

mãos livres
mãos criadoras
mãos fraternais de todas as cores
mãos desiguais que trabalhem por um Brasil sem Azeredos,

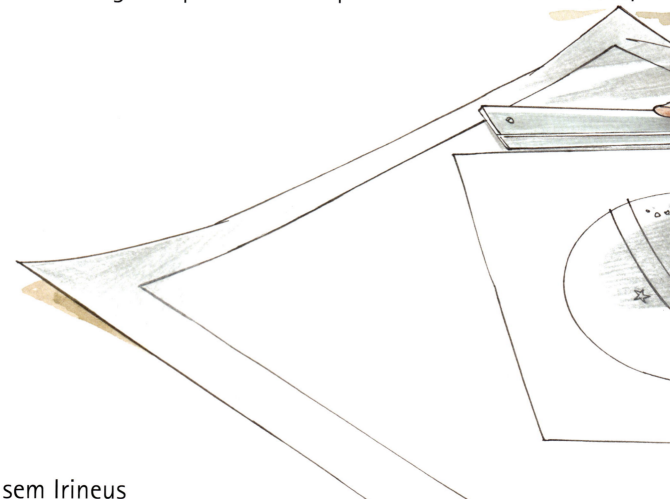

sem Irineus
sem Maurícios de Lacerda.
Sem mãos de jogadores
nem de especuladores nem de mistificadores.

Mãos todas de trabalhadores,
pretas, brancas, pardas, roxas, morenas,
de artistas
de escritores
de operários
de lavradores
de pastores

de mães criando filhos

de pais ensinando meninos

de padres benzendo afilhados

de mestres guiando aprendizes

de irmãos ajudando irmãos mais moços

de lavadeiras lavando

de pedreiros edificando

de doutores curando

de cozinheiras cozinhando

de vaqueiros tirando leite de vacas chamadas comadres dos homens.

Mãos brasileiras
brancas, morenas, pretas, pardas, roxas

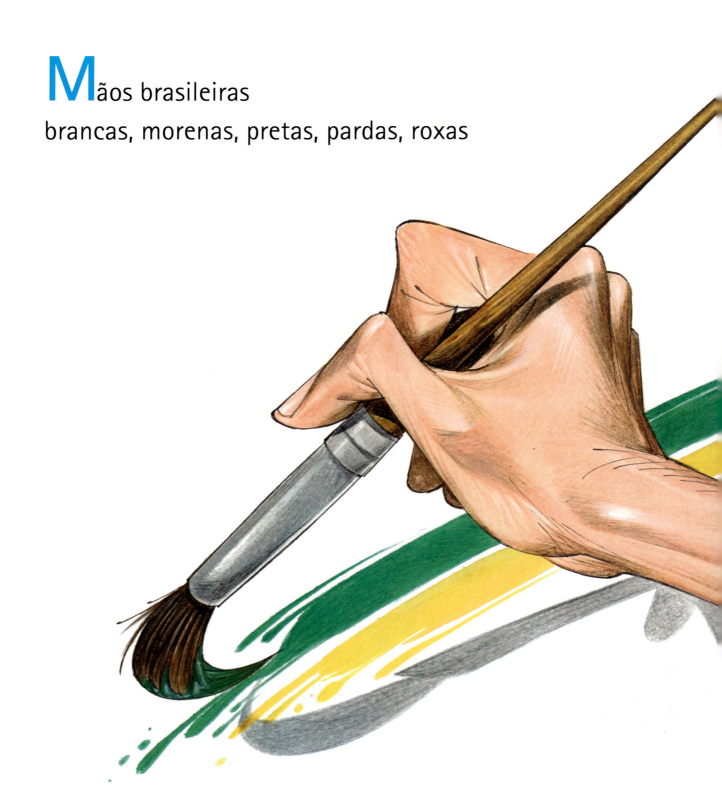

tropicais
sindicais
fraternais.

Eu ouço as vozes
eu vejo as cores
eu sinto os passos
desse **Brasil** que vem aí.

Gilberto Freyre nasceu no Recife (PE) em 1900 e morreu em 1987. Escreveu *Casa-grande & senzala* (1933), livro fundamental para a compreensão dos meandros da formação da sociedade brasileira. Considerado um de nossos mais importantes pensadores, Freyre dedicou-se intensamente ao estudo da história e da cultura brasileiras, buscando entender os aspectos que formaram nossa identidade multifacetada. Recebeu ao longo de sua vida muitos prêmios e títulos, nacionais e do exterior. Lecionou em universidades europeias e norte-americanas e teve vários de seus livros traduzidos para diversos idiomas. Em sua vasta obra, formada principalmente por ensaios de enfoque histórico-sociológico, figura *Talvez poesia* (1962), do qual se extraiu o poema que integra este livro.

Dave Santana nasceu em Santo André (SP), em 1973. Caricaturista e ilustrador, trabalha para diversas publicações no Brasil e no exterior. Com seu domínio da técnica do lápis de cor, seu traço versátil e sua imaginação, colocou nestes desenhos o caldeirão cultural presente no poema de Gilberto Freyre.